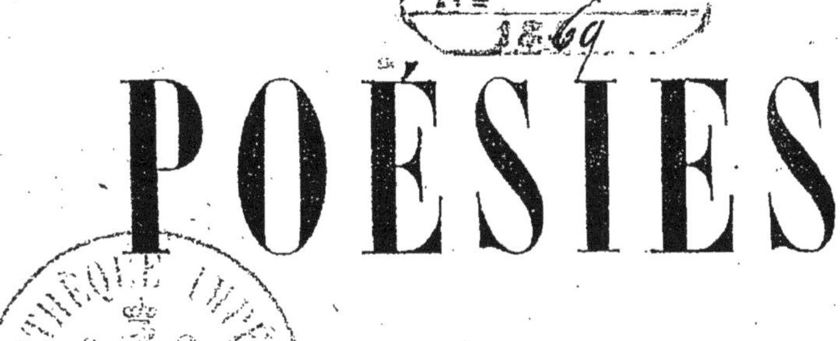

POÉSIES

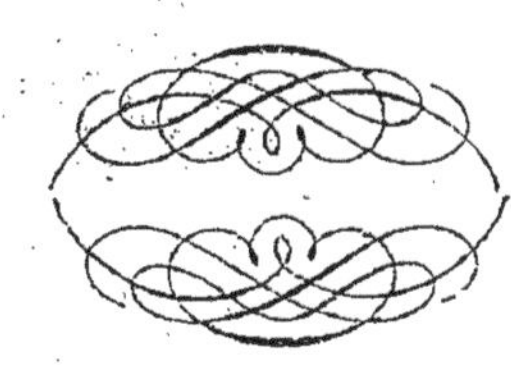

MARMANDE

IMPRIMERIE PÉLOUZIN, RUE PUYGUERAUD, 7.

1868

CASPLÉGA

POÉSIES

Ces vers sont d'un enfant qui ne veut plus en faire,
En les lisant tu peux bâiller et t'endormir,
Lecteur, je le veux bien; mais ne sois pas sévère,
N'en ris pas, ... chaque mot contient un souvenir.

C.

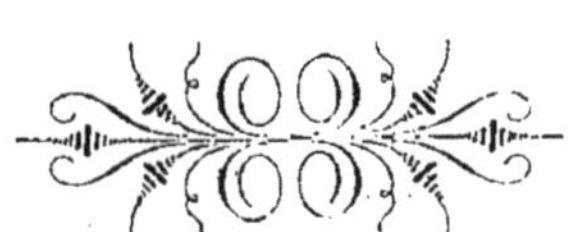

MARMANDE
IMPRIMERIE PÉLOUZIN, RUE PUYGUERAUD, 7
1868

POÉSIES

A Monsieur P. F.

De Toulouse. — Première lettre.

Toi, dont le nom berça mon enfance rêveuse,
Toulouse, adieu ! je viens me joindre pour longtemps
A tes étudiants, troupe folle et joyeuse,
Emaillant de gaîté ton éternel printemps.

Je ne connais ici personne et je m'arrête,
Voyageur ennuyé, dans le premier hôtel,
Assez mauvais d'ailleurs, qui me vient à la tête,
Capoul ou Dorio, je ne sais plus lequel.

Je suis seul et je vais promener en touriste,
Admirant sobrement, mais regardant partout :
L'allée est magnifique et le séminariste
Porte une longue robe, ainsi qu'un marabout.

Le théâtre est affreux, les églises splendides :
Ici, c'est Saint-Michel, plus loin, c'est Saint-Sernin,
Grandioses palais, où les âmes candides
Vont implorer encor le grand Saint-Saturnin.

Mais je suis un profane, en fait d'architecture,
Et si le Capitole est un beau monument,
Notre pré Catelan mérite, je t'assure,
Que, sous ses verts massifs, l'on s'arrête un moment.

Et les bords du canal tapissés de verdure,
Où de grands peupliers d'inscriptions chargés,
Elèvent dans les airs leur feuillage, où murmure
La brise, faible écho des serments échangés;

Car, sous ces peupliers, quand la nuit descendue
Couvre d'un voile épais le canal qui s'enfuit,
Se glisse, l'œil baissé, quelque femme éperdue,
En murmurant un nom qui se perd dans la nuit.

Ou quelquefois encor un couple heureux s'avance,
— Il faut l'air et la nuit pour les grandes amours. —
On n'a rien entendu qu'un cri de défaillance,
Puis, une voix suave a murmuré : TOUJOURS !

Ensuite ils ont écrit, sur l'écorce, une date;
— Pour les passants, mystère, et pour eux, souvenir. —
Et l'amante a pleuré....... sur sa joue écarlate,
Sa mère pourrait voir la fièvre du plaisir.

Et c'est là que je viens, lorsque le jour s'achève,
M'enivrer, à loisir, des parfums de la fleur ;
Laissant fuir ma pensée et divaguer mon rêve;
Des transports inconnus viennent troubler mon cœur.

Des premiers feux du jour, quand l'horizon s'enflamme,
Je quitte lentement ce rivage adoré.
Une vague douleur vient assaillir mon âme.....
Hier hélas ! en rentrant, je crois avoir pleuré.

C'est que l'on est bien seul sans amis, ni maîtresse,
Au milieu de la foule où l'on est réprouvé,
Oh ! je voudrais aimer, aimer avec ivresse...
Mais dois-je rencontrer l'ange que j'ai rêvé ?....

Le Mariage

PARODIE DE ROLLA

I.

Regrettez-vous le temps où le rang, la fortune
N'étaient pas les hochets de la société,
Où la soif des grandeurs et l'envie importune
N'avaient pas envahi les champs et la cité ?

Sur la montagne inculte et dans la forêt sombre,
L'homme alors n'avait pas porté le sécateur :
La nature était neuve, et nul n'allait dans l'ombre,
Profaner ses amours au contact du malheur.

Les hommes n'avaient pas de masque. La prière,
Sans faste et sans apprêts, s'élevait pure au ciel,
Et Dieu donnait aux fruits des arbres de la terre,
Le parfum de la fleur, et la douceur du miel.

Les liens de l'hymen n'étaient pas une chaîne
Traînée avec dégoût, sinon avec douleur,
Car c'était l'union de deux âmes, qu'entraîne
Le charme de l'amour et l'attrait du bonheur.

II.

La Vierge du foyer — cœur pur, âme suave,
Aurore d'un beau jour qui sourit au destin —
De la fortune, ainsi que du rang, est esclave ;
L'orgueil et le calcul disposent de sa main.

La fortune à tout prix ! c'est la reine du monde.
Les femmes, les chevaux, c'est l'engoûment du jour !
On immole à ces dieux — ô misère profonde ! —
Les plus saintes vertus, l'innocence et l'amour.

Qu'importe si son cœur, ouvert à l'espérance,
Se brise sous le poids d'un amour éperdu ?
Cet ange de beauté, couronné d'innocence,
Est conduit à l'autel par un homme inconnu.

III.

Vous ne la plaignez pas, vous, femmes sans famille,
Vous qui, de vos balcons, sous la fraîche résille,
Envoyez un regard de triomphe aux passants.
Vos amours sont dorés, faciles et changeants,
Et sans vous enivrer d'espérances trompeuses;
Vous ne songez jamais, belles insoucieuses
Qu'aux agréments du jour, qu'aux charmes de la nuit,
Et le plaisir succède au plaisir qui s'enfuit...
Vous ne la plaignez pas, vous, pimpantes grisettes,
Qu'on voit à tous les bals, comme à toutes les fêtes,
Fières de vos vingt ans, de votre liberté,
Narguer en souriant le lionceau qui pose.
De quoi vous inquiéter ? Votre bouche est bien rose
Et les jeunes gandins vantent votre beauté.
Vous ne la plaignez pas, femmes prostituées,
Vous qui, par la misère, à la honte vouées,
N'avez plus même assez de vertu pour souffrir ;
Votre œil reluit encor au milieu des orgies,
Quand des vins du Midi vos lèvres sont rougies.
A vous, femmes d'enfer, la rage du plaisir !
Victimes de la faim, vous que le monde abhorre,

Peut-être pouvez-vous être heureuses encore
Et d'avoir du passé qu'un affreux souvenir.

Mais Elle, maintenant, nul espoir ne lui reste.
Dans un moment fatal, contre un nom détesté,
Elle vient d'échanger, par un contrat funeste,
Sa fortune, son nom avec sa liberté !

Pauvre Fille

I

Hélène avait quinze ans. — Cet âge où l'espérance
Fait naître dans le cœur d'ineffables désirs :
Dernier sourire de l'enfance,
Premier sourire des plaisirs.

Vierge, elle entrevoyait le monde comme un songe.
Elle sentait un vide en son cœur; elle avait
Besoin d'amour. «—Souvent l'amour n'est qu'un menson-
Pauvre enfant, pauvre fille!» —Et seule, elle rêvait. [ge,

Elle rêvait, lorsque l'étoile
Scintillait au fond du ciel pur,
A l'heure où la nuit, de son voile,
Entourait le vallon obscur.

Puis elle courait dans la plaine :
Elle aimait tant le clair ruisseau,
Et la lune pâle, incertaine,
Qui le soir se mire dans l'eau ;

Elle aimait le chant de la brise,
Chant d'espérance et de regrets,
Quand son souffle embaumé se brise
Dans les grands arbres des forêts.

Tout lui parlait d'amour dans l'immense nature ;
Au bonheur tout la conviait,
Le parfum de la fleur, le ravissant murmure
Des eaux et du zéphir... et seule, elle rêvait.

Quand elle travaillait, bien souvent son ouvrage
S'échappait de ses mains et son œil se baissait,
— «Ton sourire était triste. Oh ! quelle est cet image,
Invisible à nos yeux, qui près de toi passait ? »

La nuit, elle rêvait. Sur sa couche brûlante,
Venait s'asseoir parfois un fantôme charmant ;
Le matin sur sa lèvre, elle cherchait, tremblante,
La trace des baisers de son nocturne amant.

Puis, elle prononçait un nom avec extase,
Un nom doux comme un chant de tendresse et d'espoir.
« Pleure plutôt, enfant ! cet amour qui t'embrase,
Peut être un jour, sera pour toi le désespoir.

« Tu ne connais encor que tendresse et que joie :
A ton âge l'amour n'est qu'une fiction ;
C'est un rêve embaumé que le ciel nous envoie,
Volupté sans remords, jouissance sans nom.

« Pauvre ange ! le bonheur passe comme un beau rêve;
L'orage suit de près un jour pur et serein,
La fleur, dont le parfum suave et pur s'élève,
Recèle un poison dans son sein. »

II

Un jour dans le lieu saint, à l'heure où la prière,
Avec des flots d'encens, monte vers l'Eternel,
Hélène vers la terre abaissait sa paupière,
Son regard n'osait plus envisager le ciel.

Le soir elle attendait, fiévreuse, impatiente,
Seule dans sa mansarde : Une voix doucement
L'appela du dehors, et d'une main tremblante
Elle ouvrit une porte. Etait-ce son amant ?...

La nuit était pure et sereine,
On entendait au loin le murmure des eaux,
Les vagues rumeurs de la plaine;
On voyait au hasard briller quelques flambeaux,
Mais tout était tranquille, et parfois une plainte,
Semblable au cri charmant qu'une amoureuse étreinte
Arrache au cœur brûlant qui se meurt de plaisir,
Se mêlait à la voix du moëlleux zéphyr.
Et le bruit des baisers qui s'échangeaient dans l'ombre,
Bruit faible, harmonieux que, dans cette nuit sombre,
Nul n'aurait reconnu, parvenait jusqu'à moi,
Comme un parfum d'amour, de constance et de foi.

Le matin, quand l'aurore eut doré la vallée,
Un jeune insouciant, d'un air victorieux,
Suivait l'étroit sentier tracé sous la feuillée.
«—D'où viens-tu donc, Alfred, tu parais bien heureux!»

— « A moi, la beauté, la jeunesse,
A moi l'amour et les plaisirs,
A moi les douceurs de l'ivresse
Qui suivent les ardents désirs !
Qu'il est doux de presser dans ses bras une amante !
Qu'il est doux d'enlacer d'une étreinte brûlante

Un ange bien-aimé,
Lorsque son sein bondit et que ses yeux de flamme,
Ont des éclairs d'amour qui pénètrent dans l'âme,
Comme un trait enflammé ! »

III

Hélène, cependant, se berçait d'espérance,
» O mon roi, disait-elle, ô mon Alfred chéri !
» Soupirer loin de toi, c'est ma seule souffrance,
» Et mon bonheur renait lorsque tu m'as souri.
» Lorsqu'au pied des autels, une sainte alliance
» Couronnera nos vœux, nos rêves les plus doux,
» Rougissant de dépit, mes compagnes d'enfance,
» Ce jour me poursuivront de leurs regards jaloux :
» Mais alors je pourrai dire tout haut.... « Je t'aime ! »
» Je pourrai devant tous, te vouer pour toujours,
» Ma vie et ton bonheur, et mon espoir suprême,
» A la face de tous proclamer nos amours.
» Et lorsque je serai pour jamais ton épouse,
» Je ne craindrai plus rien, ni dédain ni trépas
» Que me fera le monde et sa haine jalouse ?
» Heureuse de mourir, si je meurs dans tes bras.

» O mon Alfred, je serai ton esclave,
Et tes désirs pour moi seront des lois;
Je n'aurai plus de crainte ni d'entrave,
Pour accourir à l'appel de ta voix.
Je serai là pour adoucir ta vie,
Pour partager ta joie ou ta douleur.

Si contre nous se déchaîne l'envie,
Nous serons deux pour braver le malheur.

La nuit, quand je sommeille,
C'est ta voix que j'entends;
Tu me dis à l'oreille :
Viens à moi... je t'attends.

» Si cet espoir, hélas ! n'était qu'un rêve ?
Je crains parfois d'être indigne de toi,
Je sens en moi le doute qui s'élève,
Mon front pâlit de remords et d'effroi.
Pardonne, Alfred, ton amour me rend folle,
N'ai-je pas vu ton âme dans tes yeux ?
Et sur ton front cette auguste auréole,
Qui me disait : ses serments sont ses vœux.

O mon espoir suprême,
C'est ta voix que j'entends.
Je crois en toi, je t'aime,
Je crois en toi, j'attends...

IV

Alfred ne l'aimait plus. Sans remords, sans tristesse,
Un jour, il s'en alla parce qu'il s'ennuyait.
Comme on change d'habits, il changea de maîtresse :
Dans des plaisirs nouveaux son âme se noyait.

Hélène sanglotait, puis espérait encore.
La révélation de la réalité
L'éblouit, et soudain, dans son cœur fit éclore

Un sentiment d'horreur, qui glaça sa beauté.

Tout ce que la douleur a d'horrible et d'étrange,
Tout ce que le regret a d'amer et d'affreux,
Ensemble se heurtait dans le cœur de cet ange,
Ensemble apparaissait dans son œil fiévreux.

Cachant aux yeux de tous ses poignantes alarmes,
Sans plainte, elle souffrait, comme souffre un martyr,
Chaque soir, en silence, elle versait des larmes;
Puis elle priait Dieu de la faire mourir.

Le sommeil s'obstinait à fuir de sa paupière;
D'une main appuyant son jeune front flétri,
Attendant que le ciel exauçât sa prière,
D'un bras elle pressait son pauvre cœur meurtri.

Mais Dieu n'eut pas pitié de sa douleur amère,
Une nuit, elle vit un spectre à son chevet,
Qui lui cria trois fois : « Bientôt tu seras mère ! »
Et le spectre en courroux vers le ciel s'élevait.

Hélène était debout : ce n'était pas un rêve.
Elle sentit son sein se tordre et tressaillir;
A sa douleur, le ciel n'accordait plus de trêve,
Mais Hélène à son tour ne voulait plus mourir.

. . . .

Oh ! laissez-la passer la femme délaissée,
Sans lui jeter en face un regard de dédain;
N'apportez pas la mort dans son âme blessée,

Oh ! ne l'insultez pas. Hier, elle avait faim;
Son enfant demi-nu, tendant sa main glacée,
Lui criait en pleurant : « Mère, Mère, du pain ! ».....
Ne les insultez pas ces pauvres créatures !
Si leur paupière est bleue et leur regard éteint,
C'est qu'elles ont au cœur de poignantes tortures,
Et dans leurs yeux voilés, la souffrance se peint;
Elles traînent leurs croix sur la route sanglante,
Qui va du carrefour jusques à l'hôpital;
Et sur leur lit de mort, leur voix faible et tremblante,
Implore vainement un regard amical;
Ne les insultez pas : peut-être elles sont mères,
C'est leur plus beau triomphe et c'est leur châtiment;
Car sur leurs fils maudits, retombent leurs misères;
Sur leurs fils rejaillit leur avilissement !

» Honte à nous qui payons l'appât d'une caresse,
Honte à nous qui creusons l'abîme où s'engloutit
Leur grâce, leur vertu, leur amour, leur jeunesse,
Où notre intelligence elle aussi s'engourdit.
Loin de nous, jeunes gens, les amours mercenaires,
Ne payons pas si cher notre abrutissement;
Sans corrompre les cours, soulageons les misères,
Du siècle qui grandit suivons le mouvement
Et rachetons enfin cet infâme esclavage :
La prostitution qui promène en plein jour;
Et quand se lèvera le soleil d'un autre âge
Qu'il fasse resplendir la vertu dans l'amour.

A Gabriel P.

Dans tes bras languissants as-tu pressé, poète,
L'ange de tes seize ans ? Et ta lèvre muette,
Sur sa lèvre de feu, que tu voyais pâlir,
A-t-elle déposé des baisers où votre âme
Concentrait sa vertu, sa puissance, sa flamme,
Tandis que vous sentiez votre cœur défaillir ?

As-tu dans tes cheveux senti sa chaude haleine,
Quand le soir, appuyant sa tête sur la tienne,
Elle lisait les vers que ton cœur te dictait ?
T'a-t-elle murmuré, dans un moment d'ivresse,
Un de ces mots d'amour, d'ineffable tendresse,
Qu'en tes rêves la nuit un ange répétait ?

Son pauvre cœur battait à rompre sa poitrine,
Quand ta lèvre de feu, sur sa gorge divine,
Déposait chaque soir le long baiser d'adieu,
Sa tête se baissait, craintive et rougissante,
Sa main pressait ta main, fièvreuse et tremblante,
Puis elle t'échappait pour aller prier Dieu.

Oh ! n'est-ce pas, qu'alors, dans ton âme en délire,
Tu sentais des transports que nul ne peut décrire.
Que tout était splendide et grand autour de toi,
Que tout, dans ta belle âme, était joie, harmonie,
Que des rêves bien doux charmaient ton insomnie
Et qu'avec ton amour s'agrandissait ta foi ?

Mais un jour tu partis, laissant-là ce pauvre ange.
Poussé par un désir mystérieux, étrange,
Ton cœur en la quittant était presque joyeux.
La soif de l'inconnu te tourmentait, poète,
Et quand la grande ville avec ses chants de fête
T'eût montré ses attraits, tu devins soucieux....

N'avais-tu pas pourtant l'allée aux grands platanes,
Où viennent tous les soirs des essaims de sultanes,
Dont le regard de feu provoque les désirs ?
Tu pouvais au hasard choisir une maîtresse
Qui t'aurait présenté la coupe de l'ivresse,
Et qui t'aurait versé l'amour et les plaisirs.

N'avais-tu pas le bal où vive et gracieuse,
Tu pouvais l'admirer cette folle danseuse,
Française par le cœur, au regard espagnol,

Que tous applaudissaient avec joie et délire....
Quand tous se disputaient son regard, son sourire,
Distrait, ton œil suivait la danseuse en son vol;

Pourquoi cette tristesse, ô poète, en ton âme !
Quand, pour nous imiter, tu pressais une femme
Dans tes bras, pourquoi donc restais-tu soucieux ?
A ses baisers, pourquoi voulais-tu te soustraire ?
Pourquoi ce front rêveur et ce regard sévère,
Quand tout autour de nous était refrains joyeux ?

C'est qu'un ange du ciel t'a touché de son aile
Et tu gardes encor la divine étincelle
D'un amour qu'à seize ans tu croyais éternel.
Le plaisir, tu le sais, a sa face livide,
Et l'amour qui se vend laisse l'âme bien vide,
Car le fond de la coupe est amertume et fiel.

Le Sylphe.

A Marie D.

Sylphe léger, toi qui troubles mon rêve
Du frôlement de tes ailes de feu,
Dis-moi pourquoi quand ton essor s'élève
Plus haut que moi dans le fond du ciel bleu,
Je reste ici l'œil anxieux et triste
Comme si tu portais mon âme ailleurs.....
Est-ce ta fuite, ô Sylphe qui m'attriste
Quand mon réveil s'achève dans les pleurs ?

Serais-tu pas le confident timide
D'un cœur ami qui te parle de moi ?
Viens-tu de loin ?, sur quelque front candide
Aurais-tu vu luire mon astre, toi.

Et viendrais-tu la nuit pour me le dire ?
Sylphe de feu viens-tu me consoler
Reviens, ami; tu sais dans quel martyre
Mes plus beaux jours viennent de s'écouler.

Le jour renait et mon Sylphe s'envole,
Je reste seul à rêver et pleurer,
Nul ne me parle et rien ne me console;
Sylphe, pourquoi viens-tu de t'envoler ?
Il reviendra dès demain, je l'espère,
Il me dira ton nom, j'en ai la foi;
Avec amour, confiance et mystère,
Il vient toujours pour me parler de toi.

La Mort de l'Orpheline

ÉLÉGIE

Encore un cri d'angoisse ! encore un chant de deuil !
Mes sœurs, laissez-moi seule arroser de mes larmes
Cette pierre qui couvre un funèbre cercueil,
Oh ! laissez-moi pleurer..... la douleur a ses charmes.

Mélina, douce enfant, exempte des alarmes,
De l'existence à peine avait franchi le seuil,
Elle est morte !.... et son nom remplira ma pensée
Comme un doux souvenir, comme un suprême adieu;
Son âme restera dans mon âme oppressée
Pour me rendre meilleure et me parler de Dieu.

Quand l'ange de la mort lui ferma la paupière,
Quand la Vierge vers Dieu, doucement s'envola,
Hélas ! j'ai recueilli la dernière prière
Et le dernier soupir que sa bouche exhala :

« Adieu, mes jeunes sœurs, la fièvre me consume,
« Temple où souvent mon âme allait se recueillir
« Solitude des champs que la brise parfume,
« Adieu, je vais mourir!

« Je ne verrai donc plus au lever de l'aurore
« Le ciel se colorer de pourpre et de saphyr,
« En vain vous me criez : « Enfant, espère encore.
« Hélas ! je vais mourir !

« Je n'entendrai donc plus la suave harmonie
« Qui dans les nuits d'été me faisait tressaillir
« Bientôt aura fini ma trop longue agonie,
« Bientôt je vais mourir !

« Ne pleurez pas la mort de la pauvre orpheline :
« Je n'avais pas de mère ici-bas à chérir.....
« Au bonheur du foyer, vous, le ciel vous destine
« Et moi je vais mourir !

« Adieu! là-haut j'entends une voix qui m'appelle,
« C'est ma mère : Seigneur, daignez nous réunir;
« Pour mon front elle tresse une palme immortelle
« Mon Dieu fais-moi mourir ! »

Tel fut son dernier vœu. Sa paupière glacée
Comme un voile de mort couvrit ses yeux éteints,

Un souffle souleva sa poitrine oppressée
Et son âme où toujours une grande pensée
Germait à son insu, s'affranchit de ses liens.

Adieu sœur de mon âme, adieu blanche colombe,
Ainsi la rose croît à l'ombre des cyprès
Ainsi le lis des champs brille, se fane et tombe
Et le bras de la mort incessamment retombe
Moissonnant tour à tour parfums, jeunesse, attraits.

Ainsi par les regrets l'espérance est suivie
Ainsi la nuit succède au soleil radieux....
Oh! pour vivre ici-bas de notre affreuse vie,
Ton cœur était noble et la mort t'a ravie,
Pauvre ange! il te fallait les délices des cieux.

A Marie C.

Enfant, la poésie
Déjà brille en tes yeux;
Chante ma jeune amie,
Tes chants sont si joyeux !
Chante l'ardeur naissante
Qui dans ton âme ardente
Brûle et charme tes jours ·
Poète prends ta lyre
Et dans un saint délire
Chante-nous tes amours.

Chante tes espérances,
Tes rêves de bonheur,

Chante aussi les souffrances
Qui me navrent le cœur.
Toi, le ciel ne t'envoie
Que plaisirs et que joie,
Chante, chante toujours :
Poète prends ta lyre
Et dans un saint délire
Chante-nous tes amours.

Belle, heureuse, adorée
Garde la paix du cœur
C'est la route assurée
Qui conduit au bonheur
Et chante ta tendresse,
Tes moments d'allégresse :
Ces moments sont si courts !
Poète prends ta lyre
Et dans un saint délire
Chante-nous tes amours.

Ébauche de Comédie

I

HENRI

C'est l'heure solennelle,
Ton amant fidèle
A genoux t'appelle
O reine de mon cœur.....
Fuyons, vierge ingénue,
La nuit est venue
Et ma voix émue
Te convie au bonheur.....

HÉLÈNE

Je tremble.....

HENRI

Hélène que j'adore,
Cède au transport qui me dévore.....

Viens ! Fuyons avant que l'aurore
Annonce l'approche du jour,
Viens, ô ma chérie,
Viens charmer ma vie,
Mon cœur t'y convie,
Viens, ô mon amour !...

HÉLÈNE

Mais mon père.....

HENRI

Ah ! tu crains le courroux de ton père,
Ce tyran qui toujours s'oppose à ton bonheur !
Si tu te plais dans la douleur,
Si tu redoutes sa colère,
Reste donc avec lui, meurs d'ennui pour lui plaire,
Ne te plains plus de ton malheur !

HÉLÈNE

Mais que dira, mon Dieu ! le monde de ma fuite ?

HENRI

Mon ange ne crains rien, il t'absoudra bien vite,
Le monde est juste.... on sait que ton père est cruel
On sait bien.....

HÉLÈNE

Je te voue un amour éternel,
Mais ne tourmente plus ma faiblesse de femme,
Henri ne me dis pas de fuir.....
Ai-je pu concevoir cette pensée infâme?
Je te permets de me haïr,

Mais ton nom adoré restera dans mon âme
Comme un remords pour me punir.

HENRI

Eh bien si vainement ton Henri te supplie,
Adieu ! Je vais finir ma misérable vie.
Demain si les accents lugubres de la mort
Frappent ton oreille attendrie,
Arrête un douloureux transport,
Détourne avec horreur ton regard de la bière
Où dormira celui qui toujours t'adora,
Ne fais pas même, Hélène, une courte prière,
Et que de mon cercueil on grave sur la pierre :
« Il mourut détesté de celle qu'il aima ! »

HÉLÈNE

Henri, je t'aime.....

HENRI

Bonheur suprême
O doux transport,
Oui je veux vivre,
Tu vas me suivre
Bienheureux sort !
C'est l'heure solennelle,
Ton amant fidèle
A genoux t'appelle
O reine de mon cœur.
Fuyons, vierge ingénue,
La nuit est venue

Et ma voix émue
Te convie au bonheur !....

exeunt.

II

LE PÈRE

Hélène, mon Hélène..... Hélas, infortuné
Est-ce donc pour mourir ainsi que je suis né ?
Non ! je veux m'attacher à ce reste de vie
D'un cruel ravisseur pour punir l'infamie.
Ah craignez le courroux d'un vieillard insulté,
D'un père dont la bouche a lancé l'anathème
Contre sa seule enfant qui fut son bien suprême
Malheureux !.... Mais bientôt je mourrai de douleur
Car mon front ne sait pas porter le déshonneur.
Je t'aimais bien pourtant toi qui creuses ma tombe
Fille ingrate et sans cœur, ton vieux père succombe....
J'avais trop présumé de mes forces.... je meurs....
Les remords et l'enfer seront mes seuls vengeurs
Car le ciel en courroux poursuit de sa colère
La fille qui renie et l'honneur et son père.

III

Calmez, vieillard, calmez un trop violent transport
Et cessez d'appeler la vengeance et la mort
Sur la tête de ceux qu'aujourd'hui la tendresse
Unit. N'insultez pas à leur douce allégresse,
Car l'amour est divin, l'amour est éternel

Et vous fûtes souvent bien injuste et cruel
Envers la tendre enfant qui, tremblante, éperdue
A fui vers le bonheur loin du toit paternel
Et ce bonheur serait la peine qui vous tue?.....
Vous vouliez interdire en un cœur de vingt ans
L'amour, ce feu sacré qui charme le printemps
De l'homme sur la terre
Vous vouliez, cruel père,
En elle faire taire
Ces voix, ces doux soupirs qui parlent dans le cœur
Un langage de paix, de joie et de bonheur?
Cette flamme serait par vous anéantie ?
L'amour est le reflet d'une joie infinie;
L'Eternel l'a donné
A l'homme infortuné
Comme le contre-poids des douleurs de la vie.....
Cessez de maudire, insensé .

IV

Bientôt Henri conduisit sa fiancée
Aux pieds du saint-autel
Où fut béni cet heureux hyménée
L'anneau nuptial unit leur destinée
Par un lien éternel
Et des transports de joie et de tendresse
Faisaient battre leur cœur;
Les chants d'amour, de bonheur, d'allégresse
Retentissant au milieu de l'ivresse
Se prolongeaient en chœur.

Savez-vous, cher ami, qu'une femme qu'on aime
Et dont on est aimé n'est pas un vain joujou
Qu'on brise en s'amusant et que la raison même
S'indigne justement de ce plaisir de fou ?
« Mais je n'ai que vingt ans, dira-t-on, que m'importe
D'être aimé ? Quant à moi, je ne fais de l'amour
Qu'un plaisir d'un instant né d'un baiser qu'emporte
Le vent des voluptés et du soir au grand jour
C'est assez de bonheur. Je veux chanter et rire,
J'aime la femme comme une nécessité. »
—Je voudrais bien pouvoir parler ainsi et dire,
Comme vous, que tout n'est que jeunesse et beauté
Et désirs assouvis et matériel délire,
Je le disais hier.... Pourquoi pas aujourd'hui ?
C'est que je sens mon cœur trop plein qui se déchire,
Dans un jour j'ai compris, dans un jour j'ai vieilli
De dix ans; dans un jour j'ai lu toute une page
Du livre de la vie où tout n'est que douleurs :
Une nuit j'ai mordu l'oreiller avec rage,
Un matin j'essuyais mes yeux mouillés de pleurs.
Elle m'apparaissait dans mes nuits d'insomnie
Avec des yeux hagards qui disaient : « Insensé ! »
Alors je lui criais : « Viens à moi, mon amie,
« Pour me parler encor de mon bonheur passé. »
Puis je l'entrevoyais avec son beau sourire
Enlacer dans ses bras un jeune homme inconnu,
Tout mon sang refluait à ma tête en délire......
Oh ! comme je souffrais... mais, je l'avais voulu.

L'ABSINTHE.

I.

Divin poison que le bourgeois abhorre,
Que craignent ceux qui soignent leur santé,
Liqueur de feu, le poète t'adore,
Tu le soustrais à la réalité.

Que le ciel se découvre
Versez ! Je veux rêver
Versez ! que mon cœur s'ouvre,
Le firmament s'entrouvre,
Versez ! je veux aimer !

Déjà j'entends la brise
Qui passe en murmurant

Et qui, faible, se brise
Contre la roche grise
Jetant un cri mourant.

Son haleine embaumée
Me pénètre le cœur.
Brise, es-tu la fumée
Ou la voix bien aimée
Qui parle de bonheur ?

Est-ce la voix d'un ange
Qui parle par ta voix
Ou viens-tu de la fange
Apporter (chose étrange)
Quelques chansons aux bois ?

Non ! les bois sont la lyre
Que tu fais résonner,
Ta voix, c'est le délire,
Ta voix, c'est le sourire,
Chante, je veux songer....

O musique entraînante !
Concert délicieux !
Porte mon âme ardente
Sur ton aile puissante
Jusques au fond des cieux.

II.

Versez toujours, garçons, versez encore,

Je songerai plus tard à ma santé :
Liqueur de feu, ta chaleur me dévore,
Tu me soustrais à la réalité.

Je vois là bas sourire un ange,
J'entends chanter un séraphin
Et les vierges, sainte phalange,
Viennent me prendre par la main.

Mollement assis sur la nue,
Escorté d'un chœur aérien,
Mon long voyage continue
A travers des splendeurs sans fin.

J'aperçois des choses sublimes
Que beaucoup d'hommes n'ont pas vu,
Libre, je plane dans les cîmes,
Pays du beau, de l'imprévu.

Une vierge aux grands yeux de flamme
Me voit, s'approche et me dit : « Viens !
Je dois avoir place en ton âme
Si toutefois tu te souviens.

« J'ai le front, tu vois, sans couronne,
Les seins meurtris, les yeux baissés,
Reçois le baiser que te donne
L'ange de tes amours passés. »

Puis une autre vierge s'avance

Couverte d'or et de saphyr,
Elle dit : « Je suis l'Espérance
L'ange des amours à venir. »

Je vois la Béatrix du Dante,
L'œil baigné des splendeurs du ciel :
Debout sur mon trône elle chante
Un hymne à l'amour éternel.

III.

Mon verre est vide et mon rêve s'efface,
Tout disparaît : idéal et beauté,
Mon œil s'éteint, mon cœur devient de glace,
Je redescends à la réalité.

La Charité.

Parmi ces noirs sentiers qu'habite la souffrance
Quelle est cette déesse au regard triste et doux ?
Sur son front est écrit : amour, reconnaissance.
La foule embrasse ses genoux :

« Ange au front pur lève ton voile,
Laisse nous contempler tes traits,
Le vice informe seul se voile
Pourquoi nous cacher tes attraits ?
Quel est ton nom et ta patrie ?
Sans doute tu nous viens des cieux
Pour consoler la voix qui crie :
« Prenez pitié du malheureux ! »

« Fille du ciel, je suis la sœur de l'Espérance,
Au milieu des humains, ange par Dieu jeté,
Je sème les bienfaits en cachant ma présence,
Je me nomme la Charité. »

Mélodie.

Je t'aimais, ma blanche colombe,
Comme on aime un ange du ciel;
Mais le lis brille, flétrit et tombe
Comme la rose au teint vermeil.
Tandis que le soleil superbe
Brûlait les champs et les guérets,
Enfants nous folâtrions sur l'herbe
Sous les grands arbres des forêts.

Ta voix était suave et douce
Comme le concert enchanté
Qu'on entend vibrer ssus la mousse
Par une belle nuit d'été
Ou comme le chant de la brise,
Chant d'espérance et de regrets,
Quand son souffle embaumé se brise
Dans les grands arbres des forêts.

Eva, mon ange, mon idole,
Adieu ! ton sourire s'éteint,
Vers le ciel ton âme s'envole.
Trop longtemps l'espoir me soutint.
Maintenant ces yeux pleins de charmes,
Ces beaux yeux que j'idolâtrais
Sont clos, j'irai verser des larmes
Sous les grands arbres des forêts.

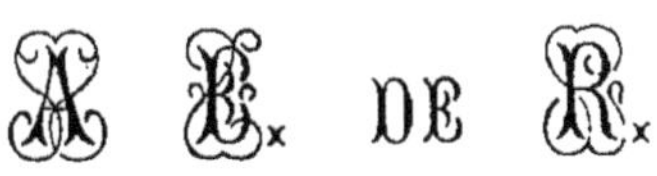

Quand je vois passer dans la rue
Une fille perdue,
Au regard hébété,
Je détourne la vue
Et, triste, je m'enfuis d'un pas précipité.

Et je plains, de toute mon âme,
Ce spectre de la femme,
Laïs du carrefour,
Qu'aucun désir n'enflamme
Et qui, pâle, en passant nous dit des mots d'amour.

Honte, mensonge et parodie !
Sa jeunesse est flétrie
Et son cœur atrophié;
Quand sa lèvre pâlie
S'entrouve pour sourire, elle me fait pitié !

Autant j'ai de dégoût pour la prostituée,
Autant je sais aimer la femme dévouée,
Au bonheur d'un amant, d'un père, d'un époux.
Comme toi, mon ami, je respecte et vénère
La vierge du foyer, et l'épouse, et la mère;
Devant toute vertu, je tombe à deux genoux.

Et je crois à l'amour. C'est le bonheur suprême,
Le soir, de contempler avec celle qu'on aime
Le firmament d'azur, les horizons brumeux,
Tendrement embrassés, quand la nature immense
Nous prête ses splendeurs, ses ombres, son silence,
D'écouter notre cœur et de rêver à deux.

L'amour est éternel, et divin, et sublime !
Honte à qui le profane! Il commet un grand crime.
Oui, mais le satisfaire est-ce le profaner ?
Le parfum et la fleur, le zéphir et l'étoile
Sont des amis discrets, et quand tombe le voile,
Faut-il, nouveau Joseph, fuir ou bien se damner ?

Mais non ! écoute donc la voix de la nature;
La plante est fécondée et chaque créature
S'accouple, en bénissant Dieu dans sa majesté;
L'homme serait donc seul à rester dans le rêve ?
Des sublimes hauteurs où son esprit s'élève,
Ne pourrait-il descendre à la réalité ?

A Irma et Félix L.

Ce soir vous m'avez dit de bien gentilles choses :
Vous avez fait tous deux des vœux pour mon bonheur
En m'offrant un bouquet de fleurs fraîches écloses,
Merci—Je vais aussi laisser parler mon cœur.

Le bonheur, enfants, c'est le rêve,
On l'appelle sans le saisir,
C'est un feu follet qui s'élève
Vers le ciel pour nous éblouir
Ou qui sous nos pieds prend la fuite
Vers un avenir ténébreux,
En se mettant à sa poursuite
On risque d'être malheureux.

Je connais bien une recette
Pour qu'il suive partout vos pas;
Mais pourquoi me casser la tête

Enfants ! vous ne la suivrez pas;
Enfin je livre ma méthode :
Soyez honnête, vertueux,
(C'est bien simple, c'est bien commode)
Et vous serez toujours heureux.

C'est moins difficile qu'on pense;
Aimez le travail, le devoir,
Chaque peine a sa récompense,
Chaque regret a son espoir;
Aimez bien tous ceux qui vous aiment
Et moquez-vous des envieux,
Evitez les gens qui vous gênent
Et vous serez toujours heureux.

Pas trop de châteaux en Espagne,
En arrière l'ambition,
Fi ! de ces rêves qu'accompagne
L'amère désillusion,
Mais toujours la jeune Espérance
Montrant l'avenir radieux
Qui sourit à l'adolescence
Et vous serez toujours heureux.

En cet instant vous sommeillez sans doute
Des rêves d'or viennent vous visiter,
Heureux enfants, vous commencez la route,
Que rien jamais ne vienne l'attrister !

L'ESCALADE DE GENÈVE

11 DÉCEMBRE 1602.

La nuit était sombre et glacée;
Des raffales de vent, dans leur rage insensée,
Ebranlaient les forts et les tours,
Et Genève dormait pendant que la tempête
Passait fougueuse sur sa tête
Avec des mugissements sourds.

Seule une sentinelle aux portes de la ville
Veillait. Son œil froid et tranquille
Cherchait à pénétrer l'épaisse obscurité.
On a parlé. Qui vive ?... Attentive, elle écoute....
Rien ! C'est un voyageur qui s'éloigne sans doute,
Ou bien un chant d'amour par le vent emporté.

. . . .

Tandis que l'ouragan passait sur l'esplanade,
Le chef Zékéléno commandait l'escalade :
Le lâche ! — Il n'osait pas s'exposer aux combats ! —
Voyez ces fiers guerriers, ces braves dont l'histoire

N'a pas su rehausser le courage et la gloire
Qui viennent en rampant massacrer nos soldats.

Alerte ! à vos canons, fiers enfants de Genève,
Tous ces fantômes noirs qui rampent sur la grève,
Ce sont les Savoyards qui commencent l'assaut.
Aux armes ! Mais pour faire avaler la poussière
A ces hommes, faut-il la garnison entière ?

Non. Mathilde et Marcus, c'est plus qu'il ne leur faut.
Marcus a son canon, Mathilde a sa marmite
Pour terrasser et mettre en fuite,
Ces braves, ces nombreux soldats.....

Le lendemain matin quand Genève s'éveille,
Chacun de raconter l'historique merveille
A Blaise le syndic qui ne le croyait pas.

Les Savoyards campés sur la rive opposée
Trois fois furent vaincus en bataille rangée,
Un peuple qui défend ses droits, sa liberté,
Est invincible et grand. Si parfois il succombe
Par le nombre écrasé, comme un martyr il tombe
Certain d'être vengé par la postérité.

Genève était alors une ville sublime,
Le vieux monde chargé de terreur et de crime
Pliait sous le monde nouveau;
La première, elle sut vaincre la barbarie
Et de la liberté devenant la patrie,
Elle donna le jour à Jean Jacques Rousseau.

Un Sermon.

A Père S.

Jeunes beautés, lisez cette homélie,
Je l'ai, pour vous, écrite à mon loisir
Pardonnez-moi cet étrange désir
Et cette sotte envie :
Je vais prêcher la congrégation
Du *cordon bleu* de la Vierge Marie :
C'est le sujet de ce petit sermon.

Le Père Silvius, homme que je vénère,
Voulait vous enrôler, soldats improvisés,
Sous l'étendard sacré de notre Vierge-Mère :
Ses projets étaient beaux, ils n'étaient pas sensés
Si je m'en souviens bien la règle était austère,
Il voulait vous ôter de ce monde enchanté
Où le plaisir est grand à l'âge où l'on espère.
—Il oubliait que vous en faites la beauté—
Il fallait tous les jours dire votre rosaire,
Refuser net si l'on vous invitait au bal :
Votre maison était changée en monastère.
A parler franchement c'était un peu brutal,
Mes enfants, la morale était par trop sévère !.....

Vous qui du père avez pratiqué les leçons
Ne vous effrayez pas; du haut de cette chaire
Je vais vous adresser mes félicitations,
Car vous avez agi, j'en suis sûr, pour bien faire.
Et je vais ajouter : Je crois bien fermement
Que malgré vos désirs de vivre en solitaire,
Anges, vous resterez charmantes comme avant.

Ne prenez en horreur ni le bal ni le monde;
Vous pouvez sans cela dans une paix profonde
Passer des jours heureux. La solitude nuit,
Elle tourne à l'envers et le cœur et l'esprit;
C'est une vérité de tout temps reconnue.
Je ris quand j'aperçois une sotte ingénue
Croyant de tout son cœur que pour gagner les cieux
Il faut toujours prier, toujours baisser les yeux
Et fermer sa jeune âme aux élans de tendresse
Dont le besoin ardent la poursuit et l'oppresse;
Dans des futilités c'est placer la vertu.

. . . .

. . . . . . Ce que Dieu nous demande
Faisons-le mes enfants. Quand ce maître commande
Il faut anéantir en nous la volonté;
Mais vous qui de ce Dieu concevez la bonté,
Cessez de le montrer sous une fausse image,
Fanatiques !.... Sachez qu'ici bas le vrai sage,
Devant les préjugés, sans incliner le front,
Cherche à faire toujours ce que les autres font.
Le bal !... Je ne verrai que des femmes perdues
Dans ce brillant salon où ce soir sont venues,

En froissant l'éventail sous leurs doigts effilés,
Ces vierges au front pur, ces suaves beautés ?....
Mais on danse partout. Lancez donc l'anathème
Sur l'univers entier. Votre rigueur extrême
Père très-vénéré, vous que rien ne fléchit,
Conduit là cependant quand on y réfléchit.
Oh ! comme du vieux temps j'idolâtre l'usage !
Un vieux pasteur courbé sous le fardeau de l'âge,
Tous les dimanches soir, au sortir du sermon,
Commandait la mesure au joueur de violon;
Tout l'été l'on dansait à l'ombre du feuillage
Et quand l'heure arrivait de quitter le village
Chacun s'en revenait à la chute du jour
Le cœur tout palpitant d'espérance et d'amour,

Mais ces temps ne sont plus et l'on vient jusqu'à dire
Que la passion chaste est la sœur du délire
Et qu'on doit la flétrir et l'extirper du cœur
Comme sur un jeune arbre on tue un ver rongeur..
Prêtres, vous n'avez donc jamais senti votre âme
S'agrandir par l'amour et s'exhaler en flamme ?
Dans ce cas je vous plains car vous ne savez pas
Ce que l'Éternel mit de douceurs et d'appas
Dans ce monde que vous ne savez que maudire.

Charme d'un amour pur, ô ravissant martyre
Qui vous traduisez par un regard un soupir,
Vous êtes dégagé de tout grossier désir,
Vous faites oublier les douleurs de la vie,
Vous êtes le besoin et le rayon du cœur;

Vous êtes notre foi, vous êtes le génie,
Vous êtes la vertu, vous êtes le bonheur !

Laissez chanter ces sublimes poètes,
Bardes divins aux chants nobles et doux;
Ils sont l'écho de la voix des prophètes
Que tout un peuple écoutait à genoux.
Si quelquefois pour adoucir ma vie
Je chante aussi dans mon triste séjour :
Ils ont pour eux la gloire et le génie,
Ma poésie, à moi, c'est mon amour.

Laissez chanter ces illustres cyniques
Qui font rougir le front à la pudeur;
Ils ont encor quelques talents magiques,
Ils font rêver de plaisirs, de bonheur....
Si quelquefois je chante le délire,
Je suis bien loin de ces Parny du jour,
Ils ont du moins le talent de bien rire :
Ma poésie, à moi, c'est mon amour !

Quand du zéphir la voix suave et pure
Pleure dans les grands arbres des forêts
Et que la source au ravissant murmure
Semble en fuyant exhaler les regrets,
Oh ! laissez-moi seul rêver d'espérance....
S'il faut chanter, aux échos d'alentour
Je redirai ma peine et ma souffrance :
Ma poésie, à moi, c'est mon amour.

Un Rêve.

C'était à La Blancharde, au fond de la vallée
Où je venais rêver quand j'étais tout enfant :
Un filet d'eau chantait sous la verte feuillée,
Et les rouges reflets d'un beau soleil couchant
Teignaient de pourpre et d'or le sable de l'allée.

J'allais y respirer l'acre parfum des fleurs
Qui naissent sans culture au versant des collines;
Triste, j'allais revoir les deux saules pleureurs
Dont l'ombrage abrita mes amours enfantines,
Témoins de mes serments, confidents de mes pleurs.

Soudain je t'aperçois—vision ineffable—
Assise sur le banc où je venais m'asseoir.
Heureuse, tu chantais d'une voix adorable
Un chant mélodieux comme un soupir d'espoir.

Je m'approchai de toi; ma main pressa la tienne :
Un long baiser de feu qui me fit tressaillir
Confondit un instant mon souffle et ton haleine :
Dans mes bras épuisés je te sentais faiblir.

Tu me disais : « La vie est bonne
Lorsque l'on n'a qu'un cœur à deux
Et qu'on rêve un beau soir d'automne,
Tandis que l'insecte bourdonne
Comme rêvent les amoureux. »

Tu me disais : « La vie est belle
Lorsqu'on verse des pleurs d'amour
Et que sous l'épaisse tonnelle,
Pendant que l'étoile étincelle
On peut s'embrasser jusqu'au jour. »

Un bruit m'a réveillé. Soudain je me relève
Ebloui par l'éclat du jour.
Mon Dieu ! ce n'était donc qu'un rêve,
Rêve de bonheur et d'amour ?
Pourquoi viens-tu sitôt, resplendissante aurore,
De la nuit achever le cours ?
Je voudrais bien dormir encore,
Je voudrais bien rêver ainsi toujours.

I.

Lorsque ma pensée
S'élève vers toi,
Mon âme embrasée
Te donne sa foi
Et mon cœur s'affaisse,
Mourant de tendresse,
Rayonnant d'espoir,
Quand mon œil de flamme
Contemple ton âme
Dans ton bel œil noir.

II

Tandis que la foule
Vòle à ses plaisirs,
Le jour qui s'écoule
Fécond en désirs,
Respecte mon rêve
Qui vers toi s'élève;
Et quand viens le soir,
Je vois dans l'espace
Un ange qui passe
Avec ton œil noir.

III

Qu'une courte chaîne
M'attache à tes pas !
Je voudrais, ma reine,
Mourir dans tes bras.
Etre, ange que j'aime,
Ton bonheur suprême
Et dans ton boudoir,
Belle nonchalante,
De ma lèvre ardente
Baiser ton œil noir.

La Valse.

Hier, en sortant d'un bal où je pris un bon rhume,
Je promis de chanter la valse et ses attraits :
C'est un sujet battu; je crains bien qu'à ma plume
Je ne pourrai dicter là-dessus rien de frais
Et que, ce soir, ma lampe entière se consume
Avant d'avoir écrit les deux premiers couplets.

On implore toujours une déesse amie
Avant de commencer un ouvrage sérieux.....
O valse, donne-moi l'âme et la poésie
Du premier qui dansa tes pas harmonieux....

C'était une nature aimante et poétique
Et sans doute il avait un grand amour au cœur,
Car je trouve à la valse un charme sympathique,
Symbole de l'amour mystérieux, pudique,
Qui tenait enlacé, par un charme magique,
La première valseuse et le premier valseur.....

Fille de l'Allemagne, ô folâtre déesse,
Tu réveilles le cœur de ceux qui n'aiment pas,
Tu sais débarrasser du trouble qui l'oppresse,
Cette timide enfant qui se meurt de tendresse
Et que tu rends heureuse en lui tendant les bras.

Quand l'homme à l'âge mûr t'appelle et te caresse,
Tu fais renaître en lui son ardente jeunesse
Et l'âge de l'amour et des illusions;
Cet âge de bonheur qui trop tôt nous délaisse,
Vient l'enivrer encor pendant tes tourbillons.

Pourquoi viens-tu troubler ma longue léthargie ?
Je suis las de chercher des rimes et des mots,
Je n'ose plus parler la langue du génie,
Mon âme est sans chaleur, mon cœur sans poésie,
C'est une branche sèche auprès des verts rameaux.

O mes seize ans si beaux, si pleins de rêverie !
Je pleure de vous voir déjà si loin de moi.
Pourquoi faut-il avoir vidé jusqu'à la lie,
Sur mes lèvres d'enfant, cette coupe fleurie
Où d'un naïf amour je buvais l'ambroisie ?
Qu'êtes-vous devenus jours d'amour et de foi ?

J'aimais la voix de l'avalanche
Et l'immense roulis des flots,
Les pics à la couronne blanche,
Les chants pieux des matelots.

J'aimais le spectacle sublime
De la nature aux pieds de Dieu,
Et la montagne dont la cîme
Va se perdre dans le ciel bleu.

J'aimais le lac aux pures ondes
Où l'étoile va se mirer,

Les rochers, les grottes profondes
Où le jour n'ose pénétrer.

J'aimais l'alouette qui chante
Dès les premiers rayons du jour
Et, dans la nature puissante,
Partout je rencontrais l'amour.

J'aimais la vallée,
La source des bois
Qui, toute voilée,
Fuit sous la feuillée,
Où s'éteint sa voix.

J'aimais la verdure,
L'air calme du soir,
J'aimais la nature
Où tout y murmure
Un soupir d'espoir;

La voix tremblotante
Des orgues en pleur ,
Et la vierge aimante
Qui prie et qui chante
Une hymne au Seigneur.

Oh ! je voudrais pourtant vous revoir dans mes songes,
Jours de brûlants désirs et de riants mensonges
Où tout était amour, où tout était bonheur....
Maintenant je m'ennuie et je sens que mon âme
N'a plus ces doux transports et cette sainte flamme :
Je crains que le dégoût ne m'ait mordu le cœur.

SOUVENIR.

Hier au soir j'ai surpris de belles jeunes filles
Regardant tristement les arbres dépouillés;
Elles songeaient sans doute en suivant les charmilles
Aux amours du printemps, aux rêves envolés,
Et, sans savoir pourquoi, j'étais triste comme elles.
C'est que l'hiver arrive et je me sens vieillir,
Déjà l'illusion me refuse ses ailes,
Je n'ai plus de bonheur que dans le souvenir.

C'était un soir d'été, c'était un soir de fête,
Nous dansions tous les deux un quadrille joyeux,
Ma main pressait ta taille et mon cœur de poète
S'embrasa tout à coup aux flammes de tes yeux.
Je me rappelle encor, jeune fille rieuse,
Et le premier regard et le premier soupir....
Madame, maintenant, si vous êtes heureuse,
Je n'ai pas de regrets, mais j'ai le souvenir.

Enfant aux doigts de fée, ange aux cheveux d'ébène,
Je n'ai point oublié tes chants mélodieux,
Nos courses en canot pendant la nuit sereine,
Nos serments échangés à la face des cieux.
Cruel départ ! Ma lèvre est encore brûlante
Du long baiser d'adieu qui me fit tant souffrir.
Comme nous nous aimions ! Pourtant, ô mon amante,
Je ne te verrai plus que dans le souvenir.

A Eugénie L.

Tu chantais devant nous pour la première fois;
La foule t'écoutait attendrie, étonnée,
Suspendue aux accents suaves de ta voix,
Et, par ton beau regard, comme moi fascinée.

Nous admirions en toi la triste Éléonor,
Grande de dévoûment, sublime de tendresse,
Elle nous paraissait plus adorable encor
Sous tes traits où l'amour brille avec la jeunesse.

La voix de la douleur dans nos cœurs a vibré.
Il est beau (n'est-ce pas ?) de tenir sous le charme
D'un rêve harmonieux le public enivré,
Par un regard d'amour faire naître une larme !

Tu tremblais, me dit-on, d'un frisson inconnu
En chantant le duo, chef-d'œuvre de génie,
Sœur de la Malibran, ton cœur était ému
Quand tu nous abreuvais d'un torrent d'harmonie.

O chante encor chère prima dona;
Fuir nos transports ce serait presque un crime.
C'est pour charmer que le ciel te donna
Ta voix suave et ta beauté sublime.

Speranza.

Autrefois la mélancolie
Rendait mon front tout soucieux;
Pour moi la sainte poésie
N'avait jamais de chants joyeux.
Ces tristesses de mon enfance
S'en vont comme un rêve trompeur :
Aujourd'hui brille l'espérance,
Désormais je crois au bonheur.

Des désirs inouis, étranges,
Me donnaient presque de l'effroi;
Dans mes nuits je voyais des anges
Mais qui s'enfuyaient loin de moi.
J'avais cette vague souffrance
Sans cause qui brise le cœur :
Vous m'avez donné l'espérance,
Désormais je crois au bonheur.

J'appelais d'une voix émue
Un fantôme toujours absent,
J'aimais une chose inconnue

(Naïve passion d'enfant)
Et je disais l'indifférence
Est la plus atroce douleur....
Vous m'avez rendu l'espérance,
Désormais je crois au bonheur.

Plus tard je poursuivais la joie
Dans les plaisirs de la cité
Où, dit-on, la douleur se noie;
Je fus bientôt désenchanté.
Après le théâtre, la danse,
Je rentrais seul, triste et rêveur.
Aujourd'hui brille l'espérance,
Oh ! laissez-moi croire au bonheur

Je vous ai vue, ô bien aimée,
Et je dépose à vos genoux
Mon cœur avec ma destinée,
Ange, prenez, tout est à vous.
En l'avenir j'ai confiance,
Vous avez dit : « A vous mon cœur. »
Suave rayon d'espérance !
Désormais je crois au bonheur.

A Mlle E. S.

Je voudrais un instant laisser parler mon âme
En beaux vers; mais, hélas ! la poésie est femme,
Son caprice insconstant change au gré du zéphyr,
Elle aime à torturer celui qui la réclame
Sans avoir du chagrin de la faire souffrir.

Et l'on souffre beaucoup, lorsque l'âme embrasée
D'un saint et grand amour plane par la pensée
Dans un monde splendide où tout est grand et beau,
Où la douleur est morte et la joie insensée,
De n'avoir pour le peindre un magique pinceau.

Plus heureuse que moi, l'aimable Melpomène
Vous donne des accents dont la douceur entraîne
Vers un monde idéal le cœur enthousiasmé,
Et vous m'avez montré, par vos chants de syrène,
Tout un ciel de bonheur, un ciel qui m'est fermé.

Depuis longtemps déjà me fuit la poésie,
Et je l'implore en vain suppliant à genoux,
Charmante Elisabeth, soyez mon bon génie

Et mon luth inspiré par vous, muse bénie,
Trouvera des accents plus touchants et plus doux.

Oui, donnez un sujet à ce pauvre poète
Qui, pour chanter le beau, se creuse en vain la tête,
Et malgré des efforts reste un faible rimeur,
Oh ! rendez l'espérance à ce cœur qui regrette,
Il vous devra bien sûr un immense bonheur.

Ce n'est que pour Laura, son immortelle amante
Que Pétrarque fut grand. Le sublime Le Dante
Dans l'œil de Béatrix a contemplé le ciel,
Et La Fornarina, par sa tendresse ardente,
A donné le génie au divin Raphaël.

LE BAL D'EYMET

I

C'était un soir d'été, c'était un soir de fête,
Les jardins, les balcons resplendissaient de feux,
Et la ville d'Eymet, reine fière et coquette,
N'avait rien négligé pour faire des heureux,
Pour enchanter le cœur et pour charmer les yeux.

En avant ! en avant ! joyeuses jeunes filles
Sans crainte de faner vos couronnes de fleurs,
Allez d'un pas léger commencer les quadrilles;
Hâtez-vous ! hâtez-vous ! sous vos blanches mantilles,
De joie et de désir j'entends frémir vos cœurs.

« Offrez donc votre bras.—Entendez la musique
Qui prélude déjà. » Le bal harmonieux
Nous appelait à lui par un charme magique
Et cette foule blanche, aimante, sympathique,
Ivre d'espoir, d'amour et de refrains joyeux,
Mêlait l'éclat du rire au parfum de la rose.

Moi, laissant sur ma main pencher mon front morose,
Un soupir de regret de mon cœur s'exhala,
Je songeais tristement que vous n'étiez pas là....

II

En avant ! c'est le quadrille !
Le front brûle, le regard brille,
L'orchestre bruyant retentit
Et Terpsichore, heureuse et folle,
Ecoute plus d'une parole
Mystérieuse qui s'envole
Et se perd au milieu du bruit.
La jeune danseuse ingénue
Sent passer sur sa gorge nue
Un soufle enivrant qui remue
Toutes les fibres de son cœur.
Rougissante, elle balbutie
Un mot qui jamais ne s'oublie
Et donne une joie infinie
A son heureux et fier danseur.
A la scotich, danse volage,
Succède la valse moins sage,
La varsovianna du village,
Puis la poétiqne polka.
Je danse puisque c'est l'usage
Mais sans aucun plaisir, car vous n'êtes pas là.

III

La fatigue partout succédait à la joie
Et même les mamans trouvaient que c'était long.

Prenez vite vos schals, vos écharpes de soie,
Moi, pour rentrer, je vais faire le tour du pont.

La lune me prêtait sa lumière argentée
Et les étoiles d'or resplendissaient aux cieux.
L'air était rafraîchi d'une brise embaumée
Et tout dans la nature était silencieux.

Seul, pensif, j'écoutais le bruissement des vagues,
J'écoutais le zéphir se plaindre et soupirer
Ces chants tristes et doux, ces cris plaintifs et vagues
Semblables à la voix qui dit au cœur d'aimer.

Et tout en contemplant la nature en silence
L'ennui s'évanouit, le bonheur arriva
Comme en un rêve d'or rayonnant d'espérance :
Je parlais à mon cœur et je vous trouvai là.

Le Bal Masqué.

I.

Minuit vient de sonner : le bal masqué commence.
Paillasses et pierrots, titis et débardeurs,
Foule bariolée, amante de la danse,
Se pressent dans la salle avec des airs moqueurs.

La marquise sévère et la folle danseuse,
Bergères et gamins, bébés et dominos,
Attendant le signal de la valse joyeuse,
Exhibent à l'envi leurs seins et leurs maillots.

Tout cela se poursuit, se presse, se coudoie,
La Lorette à la mode, enfant des carrefours,
Le père de famille et la fille de joie,
Soigneusement cachés sous le loup de velours.

Quel étrange coup-d'œil ! on croirait voir un monde
Nouveau se dérouler dans un panorama,
Indicible chaos où Lauzun et Joconde
Promènent gravement avec Desdémona.

La Folie, en passant au bras de la Vestale,
Fait l'œil au vieux Saturne et sourit au gandin,
Et Méphistophélès prend, dans sa main fatale,
La taille de la nymphe aux lèvres de carmin.

Descendez-vous du ciel, femmes voluptueuses,
Venez-vous de l'enfer, fantômes de malheur ?
Je frissonne, au contact de vos robes soyeuses,
Du fr sson du désir et cependant,... j'ai peur....

Ces masques hébétés et que le spleen assiége,
Se suivent lentement sans échanger un mot
Et tournent dans le bal, vrais chevaux de manége,
En baillant sous le loup.... « Réveille-toi, Pierrot ! »

On dirait un troupeau de fous mélancoliques.
« Vénus, réveille-toi, fais luire ta beauté
Dans les éclats de rire et les refrains bachiques,
Et buvons de l'absinthe : il faut de la gaîté !....

II

Il faut de la gaîté. « Garçons, versez encore
Ce vin de la folie, étrange et doux poison,
L'absinthe qu'aimait tant Musset et que j'adore;
Elle brûle les sens, sans troubler la raison.

« Versez ! je veux chanter et rire,
Car je suis un joyeux buveur,
Je veux la fièvre du délire,
Et le fantôme du bonheur.

Je veux l'amour et la jeunesse,

L'illusion et la gaîté,
Je veux les plaisirs de l'ivresse,
Le sourire de la beauté.

Versez ! mon sang s'enflamme,
Des désirs inconnus
Brûlent (ardente flamme)
Tous mes sens éperdus.

Je bois à la folie :
Bacchanal ! bacchanal !
Allons ! vive l'orgie
Et l'amour et le bal ! »

Le fou rire renaît, le regard étincelle...
A travers le ciel bleu de l'illusion,
Le cœur désenchanté qui soudain se réveille,
S'envole ivre d'espoir et fou de passion.

III

La musique a donné le signal de la danse,
L'orchestre retentit : Bacchanal ! bacchanal !
Tout le monde tournoie et s'agite en cadence,
Emporté par l'élan d'un quadrille infernal.

C'est la polka. Bergère,
Jette ton chalumeau
Et voltige légère,
Ainsi que ton troupeau.
J'adore, ô Madeleine
Qui ne te repens pas,

Tes longs cheveux d'ébène,
Tes robustes appas;
J'aime ta gorge nue
Et tes jolis mollets,
O danseuse ingénue,
Et tes bras potelés.
C'est le galop. Folie,
Agite les grelots,
Venise, ta patrie,
Allume ses fallots;
Que la valse t'emporte,
Rapide tourbillon.
Tu chancelles. Qu'importe ?
. . . .

Dansez, joyeux pantins. Envoyez votre jambe
A la hauteur du nez; dansez et chahutez,
Pour vous désaltérer, au foyer, le punch flambe :
Je vais dire en passant deux ou trois vérités.

IV

Je m'habille en pierrot. Ecoutez ! je commence :
« Adieu, marquise, as-tu toujours tant d'arrogance
Et si petit esprit ?—Ah ! mais non ! ne ris pas,
Ton ratelier pourrait bien voler en éclats.
—Tu t'en ferais mourir !—à Chaillot—qu'elle tête !—
—Tu m'encycliques, va !—Dieu comme tu ris bête,
Quel adorable aplomb !»—«Eh ! dis donc cher banquier,
Tu n'as donc plus le sou, tu parais t'ennuyer.
Ta blonde Maria serait-elle infidèle ?

On m'assure que si tu n'es plus avec elle,
C'est que ton amour suit le sort de ton crédit.
« —Bonjour, gentil bébé : sais-tu ce que l'on dit ?
Qu'un domino t'irait bien mieux. Sur ton épaule,
On ne pourrait pas voir ces traces de rougeole
Qui te font reconnaître et repousser par tous.
«—Adieu, belle danseuse, eh, ma foi, tes genoux
Sont encore assez beaux pour une vieille femme;
On ne te donnerait pas vingt ans, sur mon âme !
—« Tu ris jaune, pierrot; souvent tu fis des vœux....
—« Non, chère, je ris *blanc*, couleur de tes cheveux.

. . . .

«—J'ai besoin de te voir et de te dire un mot,
Marguerite, pour toi je ne suis plus pierrot,
Car je suis ton ami. Sors de ce bal infâme.
Ce monde impur corrompt. Malheureuse la femme
Qui vient chercher ici le pain du déshonneur !
Elle sourit à tous, sous son masque menteur :
Si tu regardais bien, tu verrais la douleur
Peinte sur tous ses traits flétris à leur aurore.
Reviens à ton amant, ton amant qui t'adore
Et qui pleure peut-être en t'attendant venir;
Reviens à lui, ma fille; une nuit de plaisir,
Au prix de tes regrets, serait trop cher payée.
Reviens à son amour, ô toi, sa bien aimée,
Son unique bonheur......

Alors elle partit,

Je crois, car dans le bal personne ne la vit.

V

« As-tu vu ce pierrot insolent, tout à l'heure ?
—« Certainement, ma belle, il connaît ma demeure,
Ma vie intime, enfin il m'a fort intrigué.
—« Quant à moi, dit un autre, il m'a fort ennuyé.
—« Soupes-tu ?—« Je crois bien !
A table !
Qu'on nous serve
Les truffes d'Issigeac dont le parfum énerve,
Les huîtres d'Arcachon, les pâtés de Nérac
Et les vins généreux, Bordeaux et Bergerac !
Comme il fait bon ici ! Le foyer qui flamboie,
Illumine nos traits des éclairs de la joie.
Débouchons le champagne et buvons jusqu'au jour.
Commençons par le vin l'ivresse de l'amour !...
. . . .

VI

Oh ! dans sa couche parfumée,
Quelle est belle, ma bien-aimée !
A travers l'alcôve fermée,
Glisse à peine un rayon du jour.
Tout ici respire
Joie, ivresse, amour,
Et du délire,
C'est le séjour.
Où suis-je ? Quelle ardeur m'oppresse ?
Aurions-nous bu ce soir le vin des Borgia,
Ou m'aurais-tu donné, divine enchanteresse,

Le poison que Lucilia
Versait à son amant Lucrèce.
Pour exciter en lui l'ardente volupté ?

. . . .

« Les six heures du soir sonnent au capitole.
—« Bon ! tu m'as réveillé.—Paresseux !—Mon idole,
Je veux encore dormir.—Non, je ne le veux pas,
Le thé se refroidit; ouvrez les vagistas,
Mariette, et servez-nous...
Oh ! comme il fait bon vivre,
Que cet air du dehors, dont la fraîcheur m'enivre,
Est bon à respirer ! comme je suis heureux !
Nos chansons de la nuit et nos rires joyeux,
Je les entends au loin comme dans un beau rêve,
Comme un bruit qui se perd comme un chant qui s'achè-
Et qu'on écoute encor, comme une ombre qui fuit, (ve,
En laissant vaguement sa trace dans la nuit.
O volupté du cœur ! ma faiblesse est extrême;
Mais plus que cette nuit, plus que jamais je t'aime !
Laisse encor sur mon cœur pencher ton front pâli,
O ma Caro; demain c'est l'ennui, c'est l'oubli.

L'Adieu.

Adieu, Bordeaux, séjour de l'allégresse;
En te quittant j'ai les larmes aux yeux :
Je laisse ici mes rêves de jeunesse
Et le regret rend mon front soucieux.
Mais sur la scène immense de la vie
—Je souhaite, amis, que vos rôles soient beaux—
Il faut aller jouer la comédie :
Salut ! salut ! aux plaisirs de Bordeaux !

En les quittant ces jeunes ouvrières,
Envoyons-leur de la main un baiser;
Portons un toast aux femmes peu sévères
Dont le regard cherche à nous embraser.
Adieu grisette aux allures traîtresses,
Grande lorette aimant les madrigaux,

Anges d'amour ou cruelles tigresses,
Salut ! salut ! aux femmes de Bordeaux.

Nous n'aurons plus ces bals sans étiquette
Où, transporté par l'orchestre joyeux,
L'étudiant fait danser la grisette
En la pressant d'un bras audacieux;
Nous n'aurons plus le théâtre où la foule
Vient applaudir quelques divins morceaux,
Tandis qu'un pleur dans sa paupière roule :
Salut ! salut ! aux plaisirs de Bordeaux.

A l'Amitié j'offre cette romance,
Et puisque ici nous sommes réunis,
En nous quittant donnons-nous l'assurance
Que nous serons toujours de bons amis.
Si par hasard les chances de la vie
Au même lieu dirigent nos travaux,
Heureux et fiers et l'âme rajeunie,
Nous parlerons des amis de Bordeaux.

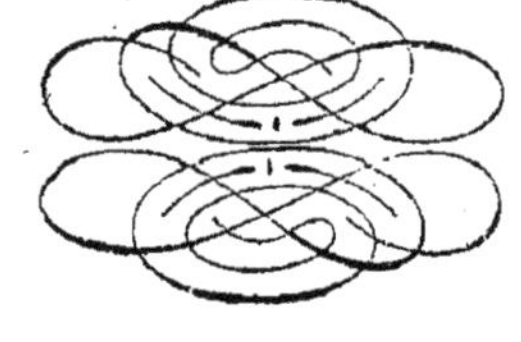

www.ingramcontent.com/pod-product-compliance
Ingram Content Group UK Ltd.
Pitfield, Milton Keynes, MK11 3LW, UK
UKHW022128190726
13855UKWH00003B/1072